ATRIUM

ERICH KÄSTNER

Das Märchen vom Glück

Mit Bildern von Ulrike Möltgen

Atrium Verlag · Zürich

Erich Kästners Werke erscheinen im Atrium Verlag in ihrer originalen Textgestalt. Die Sprache hat sich im Lauf der Jahrzehnte gewandelt, manche Begriffe werden nicht mehr oder anders verwendet. Aus urheberrechtlichen Gründen wurde darauf verzichtet, Kästners Sprache – die eines aufgeklärten Moralisten und Satirikers – dem heutigen Sprachgebrauch anzupassen.

FSC
www.fsc.org
MIX
Papier aus verantwortungsvollen Quellen
FSC® C014138

Erstausgabe
5. Auflage 2024

Erstveröffentlichung der Erzählung »Das Märchen vom Glück«
in *Der tägliche Kram*, Atrium Verlag AG, Zürich, 1948

Umschlagillustration: Ulrike Möltgen
Druck und Bindung: FINIDR, s.r.o.,Tschechische Republik
ISBN 978-3-85535-129-9
www.atrium-verlag.com

Siebzig war er gut und gern, der alte Mann, der mir in der verräucherten Kneipe gegenübersaß. Sein Schopf sah aus, als habe es daraufgeschneit, und die Augen blitzten wie eine blank gefegte Eisbahn.

1

»Oh, sind die Menschen dumm«, sagte er und schüttelte den Kopf, dass ich dachte, gleich müssten Schneeflocken aus seinem Haar aufwirbeln. »Das Glück ist ja schließlich keine Dauerwurst, von der man sich täglich seine Scheibe herunterschneiden kann!«

»Stimmt«, meinte ich, »das Glück hat ganz und gar nichts Geräuchertes an sich. Obwohl …«

B
A

»Obwohl?« »Obwohl gerade Sie aussehen, als hinge bei Ihnen zu Hause der Schinken des Glücks im Rauchfang.« »Ich bin eine Ausnahme«, sagte er und trank einen Schluck. »Ich bin die Ausnahme. Ich bin nämlich der Mann, der einen Wunsch frei hat.« Er blickte mir prüfend ins Gesicht, und dann erzählte er seine Geschichte. »Das ist lange her«, begann er und stützte den Kopf in beide Hände, »sehr lange. Vierzig Jahre. Ich war noch jung und litt am Leben wie an einer geschwollenen Backe.

Da setzte sich, als ich eines Mittags verbittert auf einer grünen Parkbank hockte, ein alter Mann neben mich und sagte beiläufig: ›Also gut. Wir haben es uns überlegt. Du hast drei Wünsche frei.‹ Ich starrte in meine Zeitung und tat, als hätte ich nichts gehört.

3

1
2
3

›Wünsch dir, was du willst‹, fuhr er fort, ›die schönste Frau oder das meiste Geld oder den größten Schnurrbart – das ist deine Sache.

Aber werde endlich glücklich! Deine Unzufriedenheit geht uns auf die Nerven.‹ Er sah aus wie der Weihnachtsmann in Zivil. Weißer Vollbart, rote Apfelbäckchen, Augenbrauen wie aus Christbaumwatte. Gar nichts Verrücktes. Vielleicht ein bisschen zu gutmütig.

3/11. 99
Drei
A

Nachdem ich ihn eingehend betrachtet hatte, starrte ich wieder in meine Zeitung. ›Obwohl es uns nichts angeht, was du mit deinen drei Wünschen machst‹, sagte er, ›wäre es natürlich kein Fehler, wenn du dir die Angelegenheit vorher genau überlegtest. Denn drei Wünsche sind nicht vier Wünsche oder fünf, sondern drei. Und wenn du hinterher noch immer neidisch und unglücklich wärst, könnten wir dir und uns nicht mehr helfen.‹

Ich weiß nicht, ob Sie sich in meine Lage versetzen können. Ich saß auf einer Bank und haderte mit Gott und der Welt. In der Ferne klingelten die Straßenbahnen. Die Wachtparade zog irgendwo mit Pauken und Trompeten zum Schloss. Und neben mir saß nun dieser alte Quatschkopf!«

1
2
3

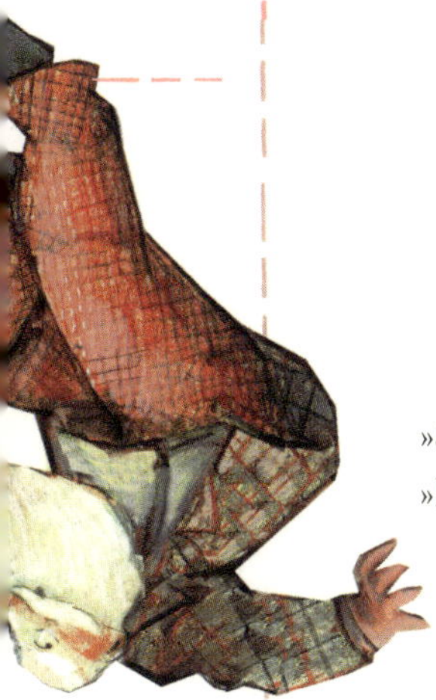

»Sie wurden wütend?«

»Ich wurde wütend. Mir war zumute wie einem Kessel kurz vorm Zerplatzen. Und als er sein weißwattiertes Großvatermündchen von Neuem aufmachen wollte, stieß ich zornzitternd hervor: ›Damit Sie alter Esel mich nicht länger duzen, nehme ich mir die Freiheit, meinen ersten und innigsten Wunsch auszusprechen – scheren Sie sich zum Teufel!‹

Das war nicht fein und höflich,
aber ich konnte einfach nicht anders.
Es hätte mich sonst zerrissen.«
»Und?«
»Was ›Und‹?«
»War er weg?«
»Ach so! – Natürlich war er weg!
Wie fortgeweht. In der gleichen Sekunde.
In nichts aufgelöst. Ich guckte sogar unter
die Bank. Aber dort war er auch nicht.
Mir wurde ganz übel vor lauter Schreck.

Die Sache mit den Wünschen schien zu stimmen! Und der erste Wunsch hatte sich bereits erfüllt! Du meine Güte! Und wenn er sich erfüllt hatte, dann war der gute, liebe, brave Großpapa, wer er nun auch sein mochte, nicht nur weg, nicht nur von meiner Bank verschwunden, nein, dann war er beim Teufel! Dann war er in der Hölle! ›Sei nicht albern‹, sagte ich zu mir selber. ›Die Hölle gibt es ja gar nicht, und den Teufel auch nicht.‹ Aber die drei Wünsche, gab's denn die? Und trotzdem war der alte Mann, kaum hatte ich's gewünscht, verschwunden …

2

Mir wurde heiß und kalt.
Mir schlotterten die Knie. Was sollte ich machen? Der alte Mann musste wieder her, ob's nun eine Hölle gab oder nicht. Das war ich ihm schuldig. Ich musste meinen zweiten Wunsch dransetzen, den zweiten von dreien, o ich Ochse! Oder sollte ich ihn lassen, wo er war? Mit seinen hübschen, roten Apfelbäckchen? ›Bratapfelbäckchen‹, dachte ich schaudernd. Mir blieb keine Wahl. Ich schloss die Augen und flüsterte ängstlich: ›Ich wünsche mir, dass der alte Mann wieder neben mir sitzt!‹

2
1

Wissen Sie, ich habe mir jahrelang, bis in den Traum hinein, die bittersten Vorwürfe gemacht, dass ich den zweiten Wunsch auf diese Weise verschleudert habe, doch ich sah damals keinen Ausweg. Es gab ja auch keinen …«

»Und?«

»Was ›Und‹?«

»War er wieder da?«

»Ach so! – Natürlich war er wieder da! In der nämlichen Sekunde. Er saß wieder neben mir, als wäre er nie fortgewünscht gewesen. Das heißt, man sah's ihm schon an, dass er … dass er irgendwo gewesen war, wo es verteufelt, ich meine, wo es sehr heiß sein musste. O ja. Die buschigen weißen Augenbrauen waren ein bisschen verbrannt. Und der schöne Vollbart hatte auch etwas gelitten. Besonders an den Rändern. Außerdem roch's wie nach versengter Gans. Er blickte mich vorwurfsvoll an. Dann zog er ein Bartbürstchen aus der Brusttasche, putzte sich Bart und Brauen und sagte gekränkt: ›Hören Sie, junger Mann – fein war das nicht von Ihnen!‹ Ich stotterte eine Entschuldigung. Wie leid es mir täte. Ich hätte doch nicht an die drei Wünsche geglaubt. Und außerdem hätte ich immerhin versucht, den Schaden wiedergutzumachen. ›Das ist richtig‹, meinte er. ›Es wurde aber auch die höchste Zeit.‹ Dann lächelte er. Er lächelte so freundlich, dass mir fast die Tränen kamen.

Drei

›Nun haben Sie nur noch einen Wunsch frei‹, sagte er, ›den dritten. Mit ihm gehen Sie hoffentlich ein bisschen vorsichtiger um. Versprechen Sie mir das?‹ Ich nickte und schluckte. ›Ja‹, antwortete ich dann, ›aber nur, wenn Sie mich wieder duzen.‹ Da musste er lachen. ›Gut, mein Junge‹, sagte er und gab mir die Hand. ›Leb wohl. Sei nicht allzu unglücklich. Und gib auf deinen letzten Wunsch acht.‹ – ›Ich verspreche es Ihnen‹, erwiderte ich feierlich. Doch er war schon weg. Wie fortgeblasen.«

»Und?«

»Was ›Und‹?«

»Seitdem sind Sie glücklich?«

»Ach so. – Glücklich?« Mein Nachbar stand auf, nahm Hut und Mantel vom Garderobenhaken, sah mich mit seinen blitzblanken Augen an und sagte: »Den letzten Wunsch hab ich vierzig Jahre lang nicht angerührt. Manchmal war ich nahe dran. Aber nein. Wünsche sind nur gut, solange man sie noch vor sich hat. Leben Sie wohl.«

Ich sah vom Fenster aus, wie er über die Straße ging. Die Schneeflocken umtanzten ihn. Und er hatte ganz vergessen, mir zu sagen, ob wenigstens er glücklich sei. Oder hatte er mir absichtlich nicht geantwortet? Das ist natürlich auch möglich.

Erich Kästner, 1899 in Dresden geboren, begründete gleich mit zwei seiner ersten Bücher seinen Weltruhm: *Herz auf Taille* (1928) und *Emil und die Detektive* (1929). Nach der Machtübernahme der Nationalsozialisten wurden seine Bücher verbrannt, sein Werk erschien nunmehr in der Schweiz im Atrium Verlag. Erich Kästner erhielt zahlreiche literarische Auszeichnungen, u. a. den *Georg Büchner Preis*. Er starb 1974 in München.

© Benny Trapp

Ulrike Möltgen, geboren 1973 in Wuppertal, studierte Kommunikationsdesign bei Wolf Erlbruch. Sie lehrte als Dozentin an der Folkwang Universität der Künste in Essen, ihre Arbeiten wurden vielfach ausgezeichnet und in Ausstellungen gezeigt. Bekannt wurde Ulrike Möltgen insbesondere durch *Der Mondbär*, zuletzt erschien von ihr in der Insel-Bücherei *Der kleine Häwelmann* und *Das Geschenk der Weisen.*
Sie lebt mit ihrem Sohn in Wuppertal.

Bücher von Erich Kästner bei Atrium

Als ich ein kleiner Junge war

Bei Durchsicht meiner Bücher

Das Blaue Buch

Der Gang vor die Hunde

Der Herr aus Glas

Der kleine Grenzverkehr

Der tägliche Kram

Der Zauberlehrling

Die dreizehn Monate

Die kleine Freiheit

Die Schule der Diktatoren

Die verschwundene Miniatur

Doktor Erich Kästners lyrische Hausapotheke

Drei Männer im Schnee. Inferno im Hotel

Ein Mann gibt Auskunft

Fabian. Die Geschichte eines Moralisten

Gesang zwischen den Stühlen

Herz auf Taille

Kurz und bündig. Epigramme

Lärm im Spiegel

Notabene 45

Über das Verbrennen von Büchern